KB126460

우리만 모르게 새가 태어난다

파란시선 0033 우리만 모르게 새가 태어난다

1판 1쇄 펴낸날 2019년 3월 1일
1판 2쇄 펴낸날 2019년 7월 10일
지은이 최서진
디자인 최선영
인쇄인 (주)두경 정지오
펴낸이 채상우
펴낸곳 (주)함께하는출판그룹파란
등록번호 제2015-000068호
등록일자 2015년 9월 15일
주소 (10387) 경기도 고양시 일산서구 중앙로 1455 대우시티프라자 B1 202호
전화 031-919-4288
팩스 031-919-4287
모바일팩스 0504-441-3439
이메일 bookparan2015@hanmail.net

ISBN 979-11-87756-35-4 04810
      979-11-956331-0-4 04810 (세트)

값 10,000원

우리만 모르게 새가 태어난다

최서진 시집

시인의 말

검은색이다

검은색으로 날아간다

죽은 말들이 허공에 떠다닌다

나는 여러 번 죽었다 태어난다

검은 새가 예정되어 있는 곳으로

차례

제2부

제1부

자작나무 숲에 놓여 있는 체스

체스 말을 따라가면 자작나무 숲을 보여 드리겠습니다
손가락과 달이 뜨는 방향을 보여 드리겠습니다

우리는 거짓말 같은 운명을 모릅니다 달리다가 싸우다
가 무덤 앞에 이르러 허공을 보고는 심장이 멈출지도 모
릅니다 이곳의 배경은 배경을 두고 사라집니다 떨어지는
저녁 해처럼 둥근 접시 위에 담겨 있는 두 개의 복숭아

주말의 운세를 맞혀 드립니다 체스 말판에서 힌트를 찾
아보세요 궁전의 보물을 찾아보세요 가장 밝은 정오에는
체스 판을 달릴 예정입니다

자서전의 문장 사이에서 바스락거리며 자라나는 짐승
폐허의 억양이 혀 밑에 숨어 있습니다 누가 먹다 만 과일
이 있습니다

정오의 파란 대문을 지나 다음 날 붉은 아침까지 왕의
명령을 따라 한 칸씩 피 흘리며 웃는 숲

불가능한 왕비처럼

양파의 방

우리는 밥을 먹으면서 양파를 이해한다

아무도 오지 않는 저녁에 여러 겹으로 된 몸을 만진다

하나의 사물에서 다른 사물로

양파를 열고 들어가 방에 가 앉는다 매일 질문하는 얼굴이 창문에 있다

뿌리가 들떴던 둥근 모양을 이해해

만일 사이가 있다면 그건 영원히 붙어 있는 거겠지

사람의 얼굴로 피라미드를 쌓는다

혼잣말이 먼 곳에 도착한다

층층이 겹쳐지며 매운맛이 나는 동행 먼 후일의 일요일처럼

양파는 양파를 속이는 데 능숙하다

새에 관한 학설을 따라

새가 없는 공중에서
새소리가 들린다 그곳은 어제보다 더 투명해서

뜨거운 농담에도 빵처럼 부풀어 오르는 일
오래 기침을 하는 겨울

자신의 몸무게보다 높이 날수록
불가능한 세계가 피로에 쌓인 표정으로 새가 완성된다
이곳은 몸을 내려놓을수록
선명해지는 땅

제일 가까운 대지를 하늘이라고 믿는다
손금에 관한 학설을 따라
귀가 큰 사막여우처럼 약속을 내려놓고
새는 무거워진다

머리를 묶고
꽃에 불을 놓을까
이제는 희미해진 병을 안고
한 발 난간을 디뎌 본다

새들은 난간이 없어도 날아간다

그늘을 모으다

모든 것이 어긋나 버린 첫 번째 길을 따라 걷다 보면
머리가 모자란다 물에 빠져 죽고 싶어
이가 빠지는 꿈은 모처럼 길다

운명이란
예측할 수 없는 비극을 두 팔 벌려 안아 보는 것

그런 말들이 쉽게 상해 가는 해변에는
모래를 지나 파도에 닿을 듯
잘라 낸 얼굴이 자꾸 가까워진다

두 눈을 물속에 넣어 봐
처음부터 모르는 사람이라고 말하듯

모든 말들이 옷을 벗어 버린 해변에서
이유도 모른 채 피가 나온다

모래와 나는 부서진다
모래를 밟고 사라져 버릴 것들 속에는
발바닥을 찌르는 유리가 들어 있다

먼 바다를 뚫고 나온 그늘이 꿈틀댄다

먼 불빛, 내 노을을 만지듯

분홍 슈즈를 신으면 봄이 온다
길게 자란 머리가 풀처럼 찰랑거린다

뜨거운 계절이 지나고 나면 바람의 쓴맛을 알게 된다 죽
은 아버지가 눈 속에 가득 찬 열기를 빼 주는 동안 어떤 잠
언으로도 다스릴 수 없는 얼굴을 만들고 바라본다

여기는 나의 가장 가까운 테두리
사람은 깨지기 쉬우니까 밤을 조심스럽게 꺼내 걷는다

식물처럼 헤어질 수 없어서 떠돌다가
가까스로 어두운 동굴을 지나간다

슈즈를 벗자 캄캄하게 울던 발
두 다리를 뻗어
손가락으로 혈 자리를 꾹꾹 누른다

나는 발을 자꾸 이불 속으로 넣었다 어리석은 양 한 마리
숨죽이며 걷던 내 노을을 만지듯 이불을 끌어당긴다

쉽게 차가워지는 발로 여러 번 걸음을 멈춰야 했다고
오래된 죽음에게 이야기했다

조용한 의문들

잠이 공중에서 외줄을 매달 때
입안 가득 슈크림을 베어 물고
춤이 사라진 러닝머신 위를 달린다

흔들리는 잠
흔들리는 집

러닝머신을 타고 걷는 일은 다리를 튼튼하게 하지만
심장을 만져 보는 것처럼 위험한 일
뒤꿈치를 세우고
어둠이 레몬색 크림빵을 먹는다

의문부호로 가득한 두 귀에
양떼구름이 부풀어 오르고
별의 소리가 발생한다

발과 발이 계속 헤어진다
귀신의 혀처럼

밤새도록 호밀밭

파수꾼이 사라진 캄캄한 호밀밭에서
절벽으로 떨어진다

어떤 기억은 칼로 새겨진다

가벼운 입 그리고 커다란 귀를 단 사람들
밀밭에 돌을 던진다

높은 구두를 신고
누군가에게 돌을 던지며
회전목마가 도착하는 곳은 어디일까

인간의 방향으로 봄과 여름과 가을과 겨울이 지난다
파랗게 또는 빨갛게

나무에 올라
구름 위에 귀와 입을 걸어 놓는다

자정의 심리학자

사람을 만나면 어항 속 같은 염소자리를 알게 된다

조금 더 멀어졌다 쏟아지는 별

무수한 빛깔을 알아볼 수 있도록 심리학을 읽는다

표정만 봐도 안다는 당신들의 말은 주저함이 없다

먼 곳에서 사람이 오는 것을 빗소리처럼 듣는다

어깨 너머에도 얼룩이 있다

전쟁과 수렵이 적나라하게 기록되는 밤

우리가 다 함께 이 긴 터널을 통과할 수 있을까

기마에 뛰어났지만 그래도 가장 붉은 건 나일 것이다

그것이 내가 자정에 어항을 청소하는 이유

밤새도록 닦고 또 닦는 것이 나에게 잘 어울린다

물고기가 숨죽이고 물고기를 분석하고 있다 먼 오해로
부터

밤의 한가운데로 흐르는 탱고

악센트가 있는 리듬을 쫓아가요
보르헤스 같은 애인을 만나 멈추지 않는 춤을 추기 위해

달이 떠서 낮보다 밝은 날에는
허름한 골목도 분주해서 사랑도 전쟁이에요

탱고를 배우고 싶지 않나요
스텝이 엉킨다 해도 걱정 말아요 그게 바로 우리의 탱고
탱고처럼 다시 스텝을 밟으며 지옥에서 천국까지 춤을
출까요

짧은 순간에 태양을 보여 줘야 한다고 사람들은 말해요
잘 걷다가 멈출 땐 멈추는 것이 탱고
음이 끊기는 정적의 시간이 회오리처럼

우리는 얼마나 아름다운 춤을 공중에 남길 수 있을까
시간이 잠깐 멈춰 있을 때조차

애인은 이 세계를 악몽이라고 말했지만
나는 애인을 믿지 않아요

탱고가 사라진 자리를 다시는 볼 수 없으니까요

안개의 기술

짙은 안개에 5가 끼어 있는 골목이다

겨울이 올 때마다 누군가 내 손가락을
부러뜨린다

위독한 손가락을 받쳐 들고 앞이 보이지 않는 길을 더
듬더듬 걸어간다
손가락이 세계의 진리라고 말할 수 있나

손가락은 다섯 개

손바닥은 숲
안개 따위에 소모되고 싶지 않아 잘린 손가락들이 아
우성치는데도
두 발은 지구의 바닥으로 떨어지는 중이다

오늘은 무사히 골목을 통과하고 싶어

문패 옆을 지날 때는 눈을 감는다
죽은 사람의 입에 시간이 고인다

이럴 때 어둠은 검은색이다

혀를 깨문 표정을 짓고
골목의 집들은 모두 아프다

명심하자 손을 들고 눈을 비비는 것은
당신을 눈 안에 넣는 일
발자국을 지우는 안개를 본다

5가 오고 있다

유리문에 머리를 부딪친 새를 보았다

네가 전화를 걸어
불안해라고 말했을 적에
나와 전화기는 창밖에 있었다

너의 불안은 멈추지 않고
달콤한 맛을 본 인간과 새들이 점점 더 모여들었다

창가에 앉아 커피를 저으며
유리문에 머리를 부딪친 새를 보았다

창에 번지던 새의 피
크림이 묻은 입 주위를 닦다가
사랑을 깨달았다

그때부터 시간이 낯설어지고 날기를 멈추었다

맛은 중독성이 강해
골목을 벗어나지 못한다

가끔 날아가는 기억을 보며

입맛을 잃었지만

골목은 빵집들로 넘쳐났다
사랑을 잃고 빵집에 가는 새들도 늘어났다

네가 전화를 걸어
불안해라고 말했을 적에
나와 전화기는 창밖에 있었다

머나먼 아르헨티나

노랗게 핀 말들을 버리고
말없이 사는 말의 나라에 도착한다
아르헨티나라고 말할 때 나는 아르헨티나를 받아 적
는다
그곳은 뜨거운 태양이 있는 나라

눈이 뒤통수에 붙은 말과 붉은 말이 사라진다 검은색으
로 날아오르던 말들이 죽기에 좋은 날 돌멩이를 품던 말
이 스스로 꼬리를 내리기에 충분해진다

공중에서 잠시 말을 고른다
어떤 말의 나라에 올라탈까

말은 식물성으로 자란다 삼천 년 만에 돋아난 꽃

초원으로 가자
네 발의 말과 날개 달린 말들이 나란히 발을 맞추며 내
안으로 밀려들어 온다 말발굽 소리 명확해진다

별들이 나무처럼 자라고 눈빛이 맑은 잡초가 우거진 평

원으로 펼쳐진다

집 떠난 말들이 돌아오는 나라에서
말의 자세로 서서
말이 말을 뇌관처럼 어루만지며 자라나고 있다

그곳의 말을 나는 모른다

아르헨티나라고 뜨겁게 발음하며
아르헨티나라고 적는다

노을의 잠

생각은 가지를 잘라 만든 나무라는데

꿈이 나무처럼 부러지는 소리를 듣는다

머리 위로 고압선이 떠 있고

발자국 속에 들어가 있는 발자국

벽은 벽 가까이 와 있다

끝나지 않은 사랑 때문에 음악은 흐른다

오래된 시간을 만지다 뒤집어 보면

붉은 피가 멈추지 않는다

첩첩의 악몽 사이로 나비가 빠져나간다

밤이 어두운 빛에 녹아 흐르는 새벽까지

전봇대가 많은 마을을 서둘러 빠져나온다

날마다 물새

지금은 만들어지지 않는 것

물가에서 날마다 물새를 옮겨 놓는다
물에 갇혀서

사라질 새들의 입속에서 맴도는 물보라
우리만 모르게
물 안에서 새가 태어난다

뜨거운 손을 담그면
의심하지 않아도 될 새의 숨소리

지금은 만들어지지 않는 것

태어난 적 없는데
놀라운 목소리를 듣는다
물새를 증명하듯이

물의 반대편처럼
명징하게 환하게

몸을 담그지 않으면
몸이 담가지지 않는

지금은 만들어지지 않는 것

마치 나였던 듯

제2부

주름치마

언 땅에 찬물이 고여 식물이 자라기 어려웠다

숨을 쉬다 보니 한 시절이 흘렀다

장마가 지면 우리 동네로만 빗물이 쏟아졌다

물은 정수리까지 잠겼다가 금세 빠져나갔다

주름치마를 입고 토방 위에 서 있으면 무릎을 덮은 치마 안으로 집과 물과 오늘이 자꾸 넘쳐흘렀다

꽃이 고개를 저으면 몇 번씩 물속으로 쏟아지고 싶다는 생각이 들었지만

채송화가 피고 날마다 믿을 수 없는 저녁이 찾아왔다

꿈길을 따라가면 물길에 잊고 있었던 노을도 젖어

주름치마가 뱀처럼 몸에 접혀 있었다

이상한 들판

들판을 지난다
잃어버린 세계를 찾아서
한창약국을 지나 목련다방 그리고 정선미용실을 지나
용해루 큰 수족관이 놓여 있던 버스 터미널
터미널의 떠나간 사람의 냄새

열대어가 가득하던 수족관 속에는 늘 죽은 물고기 몇
마리
겨울은 점점 깊어 가는데
두 손을 오목하게 모아 죽은 물고기를 떠내는 생각을
한다

눈을 감아도 한쪽 귀는 열어 두어야 해 같은 족속이라고
해서 모두 사랑할 수는 없으니
깨닫는 순간 쏟아지는 죽은 물고기 떼
거리를 쏘다니다가
자고 나면 사라져 버린 물고기 같은
이런 이야기는 내일이나 모레쯤 다시 시작될까

슬픔도 없이 사라지는 들판을 만든다

사라진 물고기가 몇 마리씩 떠다니는 물속에서
길게 자라는 생각들을 고무줄로 질끈 묶고서

어두운 기원 속으로 걸어가는 바다달팽이

코가 길어지는 해변을 따라가다 보면 어느덧 가파른 절벽

길이 끝난 곳에서

나는 모랫바닥에 반듯이 눕는다

엄지발가락을 서로 붙이고 두 눈을 감는다

두 다리를 어깨 너비로 벌리고

바닥에서 한 세계가 잠시 선명해진다

처음 해 보는 시체의 자세

먼 별 모양을 미리 연습하며 모래에 심장을 묻은 식물

허공을 움켜쥐던 손에 힘을 빼면 소금기 먹은 구름과

구름이 지루하게 밀려갔다 밀려온다

나는 붉은 노을에 단련된다

바람과 모자를 쓰고 간신히 숨을 쉰다

모래성을 쌓다가 해가 지는 해변에서
생각이 다른 생각을 지운다

하루에 하나씩 소원이 이루어질 수 있다면

가위바위보를 잘하는 사람이 되고 싶어
커다란 케이크와 궁전을 만들어 줘

그것은 내가 나에게 요구하는 이어달리기
나는 멈추어 있다

어떤 마법이든 불러낼 수 있는
수백 년 전 바람의 해골을 불러 줘요

우리는 물고기가 되어 키스를 나누다 헤어진다

새들의 힘

하늘에 떠 있는 구름의 힘이란 뭘까

공은 구르다가 왜 문득 멈춰 서 있을까
우리는 언제 공이 돼 있을까

수백 마리의 새가 강가에서 물을 먹는다

어두워 가는 구름 너머 저쪽엔
새소리 연주자가 있다

새들의 길은 구름이 먼저 만들어 놓고 간다

날개로 이루어져 있는
연주자의 손은 찾을 수 없는 음악

손은 계속해서 음악을 만들어 놓고
귀머거리 새들은 말없이 무리 지어 전진한다

오늘의 하늘은 새와 새의 관계로 가득하다

싱아, 수천의 다른 이름이 되어

몸의 아득한 끝을 접어
백 년처럼 지나가지 못하는 하루를 생각하면
그런 날은
줄기와 잎 그리고 머리에서 신맛이 난다

우리의 저녁은 초록 갈대와 생각이 같으니
지치는 법 없이 밀려오는 파도
언제나 갈라지는 자잘한 마디풀
한 줄기를 꺾어 건네기도 했을 배고픈 물결 모양

천 년쯤 오래오래 걸어가다
하늘이 노래질 때까지 헛구역질을 한다
입이 뾰족한 한 마리 물고기
점점 산기슭 아래로 걸어간다

공중 가득 이름이 태어나고 죽는다

봄이나 여름이 우리를 계속 씹는다

여러 개의 유리창을 우물거리다
나를 뱉어 낸다

기차의 세 번째 칸은 너무 달콤해
그건 죽은 물새의 만질 수 없는 꿈속
다정한 껌은 없으므로
우리는 서로의 몸을 넘길 수 없다

누군가는 입속에서 매일 사람처럼 죽어 가고
천천히 혀끝에서 풍선으로 터지는
생각도 끝이 있다

날마다 똑같은 하늘을 바라보며
물결의 무늬와 속도를 향해 달리는 기차
어디로 흘러가는 중일까

내 입속의 껌과
나를 벗어나는 껌에게
내일이 있다고 말할 수 있을까

바다가 지나가고 여름이 지나간다

달리는 버스의 형식

지갑을 잃어버린 사람은 어떨까
우리의 비애는 지갑을 찾는 사람처럼 반복된다

발끝으로 서서 달리기는 계속해야 할 것 같다
어디라도 끝에 도달해야 할 것 같다

이쪽에서 저쪽으로 더 먼 곳으로
아무도 찾지 못하는 내일까지 술래가 될까

얼굴도 들지 못한 얼굴로
태양이 지기 시작할 때부터
붉은색의 발바닥이 화끈거리며 극복이 완성된다
우리는 창밖의 어디까지 왔을까

부르튼 혀로
치마 밑으로
빙판에서 미끄러질 때마다
자신을 향해 달린다
어느 날엔 나 대신 버스가 달려가 도착한다

바퀴도 없이 힘차게

그 여름의 섀도복싱

언젠가 보았던 물고기가 운다
물속에서

왜라고 묻지 않기 그것은 아침과 복싱의 규칙이므로

가까운 곳에서 탄생하는 눈물을 닦아 내는 것이 새들
의 거룩한 저녁이라면 이것은 좋을 것도 나쁠 것도 없는
공중의 몸

하늘을 나는 꿈 때문에 폭염의 허공에 주먹을 내민다
하루를 맞이하기 위하여

악수를 청할 사이도 없이
땀이 떨어지는 방향으로
커다란 악어의 입이 생긴다

상대를 떠올려 봐 어제보다 빨라야 해 중요한 것은 도
망가는 전진하는 발이야 세계와 창문 사이는 여기서부터
얼마나 먼가
우리는 모두 발을 숨긴 유령들

누군가 나를 바라보며 섀도복싱 중
자주 거울이 깨진다

나의 빈손이 가슴으로 다시 돌아올 때

우리는 그림자와 사랑에 빠진다
허공의 애인은 서로를 더듬고 있다

사람으로부터 풍등

실패한 자리마다 꽃이 피었다

공중에 몸을 띄우며
무덤을 찾아가는 귀뚜라미 울음소리로 날아오른다 그는
앞으로 가고 있는 것일까 보이는 사람과 보이지 않는 사
람을 믿지 않는다
나타났다가 사라지는 생각일 것이므로

등이 없는 사람은 무섭다 발자국과 구름 사이 나를 잃은
날들이 완성되어 간다
두 손을 모을수록 점점 더 아득한 하늘

생각은 어느새 어두워져
집집마다 뜨거운 불빛을 손에 가득 쥐고 있다 다른 사
람의 얼굴을 문지르며 자신을 의심하지 않는 손으로 풍등
을 날리고 있다

조용한 강을 지나 멀리 더 멀리 가자고 바람이 2㎝씩
중얼거린다

먼 데서 보면

사람을 잃은 사람이 가까이 있다

끝없이 동물원

휴일의 동물원에는 고무풍선과
구경꾼들이 모여든다

혼자 있는 동물은 이유가 있어요
가족을 사랑하는 모습을 보여 주세요

상반신을 숙인 채
캄캄한 다리 사이로 머리를 접었지만
사람들이 가까이 오는 게 두렵다

뱀은 뱀의 얼굴로 슬픔을 가지고 있다
낙타는 낙타의 얼굴로 무엇을 간직하려는 걸까

서로 바라보는 일을 멈추지 않는다

저녁 달팽이

물이 살 속으로 흐르는 저녁 달팽이는 소리를 못 내지만 죽은 건 아니다 손과 발이 꺼질 듯 반복된다

바닥이 익숙해진다

꿈에 달팽이가 기어가면 부자가 된다는데 시집을 간다는데 무섭지만 눈을 감지 않는다
인간들이 땀에 흠뻑 젖은 달팽이를 손바닥으로 이리저리 만지며 논다 나는 익숙하지 않은 당신들의 세계로 나간다

바닥을 끌어안고 넘어지는 팽이처럼 돌고 돈다 당신의 찻잔 속을 태풍의 눈같이 마구 휘저으세요
그것이 사랑이니까 나무가 멈추지 않는다 집이 멈추지 않는다 시간이 벽에 걸려 멈추지 않는다 몸에서 흘러나오는 피가 멈추지 않는다

달팽이는 끝까지 부서지며 반짝인다

소용돌이를 꺼낸다

당신이 하나쯤 품에 지니라는 말

언제나 죽은 그림처럼 마당을 가로질러
하현달에 손을 씻다가
하늘을 가는 새 떼의 예언을 듣는다

활(活) 하나 가지고 싶다
살아갈 활
죽을 화살

물소의 뿔과
소 힘줄과
박달나무로 단궁을 만든다 자정에

내 귀에 쌓이는 번개나 천둥 같은 소리를 예리한 칼로
벌린다
칼자국처럼 새겨진 손금 속에서
칼이 나타난다

누군가 말을 몰고 밤을 달린다

내 것이 아닌 말을 잃고 깊어지라고

어둠이 눈 맞추며 어두운 잠으로 밀려온다

의심의 활을 잡는다
당신의 마지막 손을 만지러 느리게 다가가는 손처럼
텅
빈 소리를 맞추고

주사위를 던지다

북쪽을 던진다
앞이 나오거나 뒤가 나오거나

북극늑대를 만난 적 있다
조용히 움직이는 그리고 긴 송곳니를 세우고
카시오페이아의 어둠을 파먹고 있다
다시 태어나면 사자나 독수리가 될 수도 있을 텐데

남쪽을 찾지 못해 툭 떨어진다
아무 방향으로나 사진이 찍힌다면
거짓말을 하는 물고기의 입술 모양이 될지도 모르지

주사위는 안드로메다와 시리우스의 밤과 카펠라의 새
벽이 깃들어 있어
우리는 영하의 들판에서 서성인다

칼바람이란 걸 압니까
바람이 부러지는 일로 겨울이 선명해질 때

높이 하늘을 던진다

저마다 행운을 얻으려고 점점 더 멀리
네 개가 모자란 일곱 개가 모자란
모든 것이 모자란

어지러운 머리 위로 밤하늘이 생길 때

달아나는 풍선

어제의 지평선과 수평선을 불어넣었다
풍선이 될 때까지
발이 높이를 가질 때까지

내 몸에 바람이 들어와 높이 날아간다

부풀어 오른 머리로 둥둥둥
멀리 구름이 흩어진다

옆구리가 터져 버려 나무에 걸린 풍선은
풍선의 일
멈출 수 없는 공중에서
가면을 쓰고 흔들리는 기술을 익히느라
아침을 소비했어요

모든 별들은 허공에서 허공으로 돌고
지금은 모르는 고도에 갇혔다
나는 공중을 의심하지 않는다

키높이 구두처럼

발바닥의 티눈이 나를 긁는다

날아가는 이유에 대해서
생각하지 않는 표정으로 날아간다
날다가 터지는 표정으로

바다의 입안에서 완성되던 우리는

붉은색과
파란 구름의 하강을 올려다보다가
적진의 한가운데 도착했다 그것은 흰색 구두가 시킨 일

바다의 입안에서 완성되던 우리

길고양이처럼 아프다
이 세계는 절망할 것이 너무 많아 두렵지 않다

기울어진 곳에서는 가로등을 켜겠지
해변의 불빛은 모호하다 바다 가까이 있기 때문에

해변과 불빛은
인간을 구원할 수 없다는 사실에 놀라고 있다

처음 보던 어둠이 걷히고
처음 보던 태양이 뜬다
여러 가지 색의 노을을 볼 수 있겠지

쏟아지는 귀뚜라미 소리를 가지런히 정리하며

제3부

바다 옆에 혼자

모래가 될 때까지 나를 밟으며 걸었다

아침과 저녁을 남겨 두고 바다는 어디론가 가고 있다
누군가와의 약속을 위해

목소리가 하얀 사람이 바다에 오르골을 넣어 두었다

기억을 손으로 밀면 필사적으로 태어나는 물보라
날마다 바다가 바닷속으로 들어간다

혼자 앞서가는 해변을 따라가면 사람이 그리워진다

당신이 세 번째 입었던 옷 색깔처럼
우리는 얼굴이 지워지고 없지만

누가 푸른색 그물로 바다를 건져 놓았나

빛나서 한순간에 사라질 이야기

안개의 천성이란 물로 된 것
여러 번 속삭이는 것
넘어져 까진 무릎을 바라보며
귀가 벌겋게 부푼다
꿈이 흩어지듯
상처 난 계단을 오르며 자세를 낮춘다
오늘의 운세는 소중한 것을 잃어버린다는데
나는 골목을 잃어버렸다
테라스에 앉아 먼 강의 일몰을 떠올린다
물비늘이 햇빛을 만나듯
빛나서 한순간에 사라질 이야기
우리는 기적 소리로부터 얼마나 멀리 있는지
너무 가까워서 잊지 말라는 듯이
안개는
고장 난 사람처럼 말을 건다

내일의 날씨

이보다 더 나빠질 수 있겠어?
이때 우리는 더 나빠질 듯 전력을 다해 질주한다

눈이 쏟아지는 지점에서 사라지는 것들을 어떻게 지킬
수 있을까
눈사람처럼

차가운 물같이 얼어 죽는
밤의 가장자리를 달리고 있는 두 발

벽돌 길을 밟으면
벽돌들이 가볍고 붉게 물속에서 떠오른다

날씨는 비극적으로 끝난다

어느 골목을 들어서도
신발을 잃어버린 아이처럼 몰려드는 비둘기

밥을 먹다가 죽은 새들은 모두 어느 나라로 가는 걸까

얼룩말이 사는 방

줄무늬 사이에 연한 줄무늬
사랑과 미움이 배에서부터 엉덩이까지 있다

서로 다른 줄의 무늬를 가지고 있어
몇 번 더 어둠에 닿는다

시각과 후각이 예민해
나는 곧 여러 사람이 될 것 같다

지진이 나서 정신이 없다
말을 타고 좁은 방을 돌아다니며 피를 흘린다

아픈 발로 서서 풀을 먹을 때
아름다운 세로 줄무늬가 나타나는 것처럼
긴 꼬리가 신발에 묻은 사막을 때릴 때

알 수 없는 것들이 어둠에 닿는다

바람이 많은 곳에서 갈기가 자라고
걸으면서 닳아 가는 발굽이 있고 한가한 주말이 있네

얼룩말은 얼룩말

천적은 사자와 표범 그리고
내일로부터 먼 기다란 다리
두 발을 뗄 때에는 날아가는 기분을 사랑했네

내 몸을 빠져나간 검은 피처럼

사람이 많은 곳을 다녀온 날에는
오래도록 두 손을 씻는다

낮에는 밥을 먹다가 체했다
친구가 바늘을 꺼내 머리카락에 긁더니 엄지손가락을
바늘로 땄다 몇 번을 찌르고서야 검은 피가 나왔다

손바닥을 흔들며
아무도 몰래 지구의 죽은피를 빨아먹는 늦가을 억새
처럼
우리는 가까스로
함께 어지러웠다

이를테면 유리를 갈아 끼운 창틀의 낯빛으로
낯선 그림자 골목을 지나쳤다

감기처럼 찾아온 이웃이라도 바라보듯
저녁에는 홀로 풍선처럼 가벼워지기

사람들로부터 자유로워지기 위해 그들을 향해 손을 흔

든다

내 몸을 빠져나간 검은 피처럼

나비 기념일

뜨거운 커피를 담았던 기억
열두 시의 목소리로 빈 컵을 움켜쥔다
나는 내가 아니라고 할 수도 없는

오전이 오후에게 넘겨지는 나비의 문장
잘린 손가락
기억에서 나온 기억이 손아귀를 파고든다

커피가 사라진 컵에서 커피를 끌어안는 방식으로
나비는 태어난다

죽은 시간에 닿으면
선명한 사람의 기질과 뼈가 드러난다
박제된 나비

뒤집혀 보지 않은 사람이
핀셋으로 죽은 나비를 뒤집어 볼 때

난간으로 사라진 나비들은 쓴맛을 갖는다
기념일은 그렇게 시작된다

내가 나비였을 때 나비인 줄 알았더라면

나무를 잃어 가던 몸 안의 낮달

운동장에 서 있었는데
누군가 나를 밀쳐놓는다

떨어져 나간 것들은 대부분 자신을 부순다

어울리지 않는 악보
밤의 비
낮달
모든 시간 속에는 후회가 둥글게 들어 있어
다른 얼굴이 되고 싶어

나무에 매달린 채 불길에 휩싸이던 우리 집 개의 눈이
생각난다
잃어버릴 것도 없으면서 나무를 잃어 가던 몸 안의 짐승

한꺼번에 자신으로 돌아가다
뒤돌아볼 때 조용히 앓던 목련이 핀다

위태로운 자세로 무덤을 파듯
크림빵을 씹으며 열 개의 발가락들이 연연한다

줄 밖에서 힘껏 고정되는 중

꽃의 방아쇠를 당긴 적이 있다

태양이 해바라기의 얼굴에 행운을 심는다

공동묘지를 지나다가 죽은 듯이 생각한다

죽은 자가 원하는 방향에 대하여

과녁을 정하지 않은 채 방아쇠를 당긴다

심장에서 아주 가까운 곳에 총은 놓여 있다

봄날 낮잠을 자다 일어난 오후 다섯 시처럼

손에 아무것도 잡히는 게 없지만 백일홍 모양의 희망을
손에 넣는다

누군가 어두운 갈색이 도는 카푸치노를 마시는지

갈색 냄새가 새의 뼈처럼 퍼지는 공중

나무는 고통으로 가득 차 있지만 남쪽에서부터 새잎

이 돋고

　새는 두 발이 있어 낙담을 모른다

　문득 과녁의 방향이 궁금해진다

　누군가 꽃의 방아쇠를 당기고

한밤의 산책자

바람 든 폐의 벽을 만져 볼 때 고이는 찐득한 피

한밤의 산책은
자신이 누구인지를 헤아리는 흉곽의 방식

간신히 구름다리를 붙잡고 요동칠 때
당신의 검은 구멍은 완벽하다
손전등을 환하게 떨어뜨린다

빛이 북방에서 빠져나와
더 깊은 수렁으로 들어간다

검은 바람을 들이마시고 내쉴 때
떨어뜨린 손전등을 주워 누군가 내 얼굴에 비춘다
일그러진 얼굴을 들킨다

목을 쥔 손도
목을 건 손도

누군가 나를 꺾어 화병 속에

구부러진 어깨가 아파

비가 오려는 날에는 어깨에 대한 믿음이 필요하다 곤
경에 처한 사람일수록 딱딱하게 뭉친다 열꽃이 핀다 오늘
의 배움은 꽃꽂이

물을 많이 마시게 하고
비타민을 두 알씩 아침 점심 저녁으로 먹는다

나는 다음 날의 후회이고 꽃을 잃은 장미 가시

물로 미끄러지면 어쩌지?
창밖으로 물이 넘친다 나는 미끄러지지 않으려고 망원
경을 산다
멀리까지 볼 수 있지만 눈을 감는다

그날의 장면은
커피 속의 커피처럼 연출된다

눈보라 아이

액체에서 고체로 가는 아이가 있어
눈보라는 가벼운 아이

그가 도착한 곳은 무뚝뚝하고 말이 없는 행성
반복되는 실패의 자리마다 얼음이 부풀어 오른다

새가 되고 싶은 꿈
발밑으로 새의 시체가 쌓여 얼어 간다

우리는 어떤 방식으로 우리에게 가는 걸까

물 안을 향해
달리는 기차를 향해

우리는 속도주의자
먼 옛날의 까마귀의 목소리가 들릴 때
아버지의 소리가 죽음을 뚫고 나올 때
질주하던 차가 가장 크고 아픈 턱에 이른다

흉터의 모양

언니의 오래된 결혼식 비디오에는
죽은 할머니가 걸어다닌다
죽은 아버지가 걸어다닌다
홍매화 송이 숨소리처럼 바스락 피어난다
지워진 손금마다 서로의 비밀이 붉어진다
영원한 사랑이라는 말을 외우다 혼자 어두워진다

화면에서는 고무풍선이 아직도 터진다

공중에 뜬 죄를 필사하듯
막다른 시간 앞에서 연기처럼 사라지는 불빛들
불빛은 환할 때가 가장 슬픈 목숨 같다

지금은 다른 방향의 밤하늘 아래

죽은 사람과 살아 있는 사람이 농담을 주고받으며
백 년의 숨을 들이마시며
우리는 서로 다른 잠을 자고 있다
매화가 어디선가 혼자 피는 줄도 모르고

날마다 숨을 쉬는 법

밤하늘에 떠 있는 별들

터질 것 같은 눈으로 나를 바라본다

이곳에서 사는 동안 자주 죽었다 깨어나지만

날마다 사람과 별빛이 줄지어 온다

왜 모든 경기는 해피엔딩으로 끝날 수 없을까

폭설처럼 수없이 날아가는 비둘기 소리

무리한 탓에 발바닥이 갈라졌다

주문해야 할 것은 자신의 뒤꿈치를 소리 내어 밟는 것

나는 이제부터 함성에 몸을 내맡긴다

흰 타월을 던져 줘

여기에 온 것조차 믿기지 않는 듯

물 쪽으로 물이 깊어진다

물속의 길이 보이지 않는다

비극을 수업 시간처럼 이해하자 빛과 삶의 둘레를

흘러가고 흘러가다가 거울이 바닥에 떨어질 때

저 어두운 물속의 무덤들

우리가 찾아 헤매는 것은 물속의 죽은 시간과 사람들

물속에 있으면 보이지 않아요
슬픔으로 가득한 물결과 검은 유령들
나쁜 기억과 달이 닳아 가던 시간과
그림자 같은 것이 물에 잠긴다

물속은 숨어서 웃거나 울기 좋은 곳

흐르는 것들의 안쪽은 혼자 시간의 무덤을 파고 있어요
그곳엔 수많은 얼굴이 들어 있다

꽃을 머리에 꽂고 이국의 아리아를 듣는다

나는 물에서 빠져나와
거울을 주워 들었다

오른쪽으로 아홉 번을 뒤척이는 밤

밤을 돌려 깎으면 불면의 흑심이 뾰족하게 튀어나온다

내가 만든 다섯 모서리가 내 목을 조일 것
연필심처럼 검은 팔다리를 만들 것

밤에도 재개발구역에서는 집을 허무는 일이 계속된다

깊은 방 안에서 가위에 눌린다
잠을 깨라던 당신의 말이 잠깐 떠올랐다
흑심을 만지면 피가 묻어나는 칼날
죽어서 별이 되는 게임
흘러간 것들이 뚝뚝 부러지고 있다

들판을 달리는 들개처럼

리본을 묶어 선물한 한 다스의 연필을 다 깎을 때까지
사지가 마비된 채 뾰족한 화살에 박힌다

떠나가는 것들로 휘몰아치는 밤하늘을 도려낸다

집을 허물고 새집을 짓는 꿈이 캄캄하다
꿈속에 박힌 꿈처럼
다른 곳으로 검은 새가 날아간다

끝없이 귀

꿈이 없는 건 아닌데 자세히 들리지 않는다

나는 지금 어떤 게임 안에 있다
학의 방향을 이해하기 위해

반복되는 학의 날개를 접으며
아득한 월요일이 금요일이 될 때까지

시계가 가리키는 쪽으로 천 번만 더 해 보자
오전에서 오후까지

잡힐 수도 없고 잡히지도 않는
우리의 운동장은 터널로 되어 있다

홀로 서면 닿을 듯 말 듯한 구름

규칙적으로 귀가 아프지만
천 개의 하늘을 순서대로 접는다

천 개의 하늘이

차례대로 하늘에 나타날 때까지

헛기침 같은 구름들

사람은 없고 빈 병이 놓인 오래된 모래사장의 바람은
흉터로 가득하다

말을 삼키고 하늘을 올려다보면 아득한 헛기침 같은
구름들

몇 가닥의 실에 불면이 목을 맬 때
우리가 떨어뜨린 붉은 입술들이 바다의 한가운데로 무
너진다
허공의 마리오네트

밤의 해변에 기대어 있으면 결국엔
단단한 입 모양을 궁리한 얼굴이 나타난다

온 힘을 다해 입을 다무는 사이 겨울이 가고 내 키도 자
라났다
얼굴에 흉터를 하고

제4부

진짜 이름이 뭐예요?

우리는 모두 죽어요
새는 이름을 완성하기 위해 수천의 창문을 열어야겠지

모래와 얼음이 뒤섞인 검고 붉은 기분 같은 저녁놀
운동화 끈을 풀자 발이 붉다

진짜 이름이 뭐예요?
어둠은 있는 힘을 다해 저녁을 빠져나간다

그녀는 가방에 살아갈 이름을 넣고 자신의 무덤 안쪽을
들여다본다

공중은 발을 망각하기에 좋은 곳
들판으로 죽은 바람이 분다

날아가는 새와 불 꺼진 창 사이
다시 태어난 이름으로 회복하는 중이다

나는 까만 고양이를 밖에 두고 온 사람
어쩌면 그것을 모르는 사람

데드블레이

불 좀 꺼 주세요

고층 빌딩에 머리를 부딪쳐 죽은 구만 마리의 새들

제발 불 좀 꺼 주세요

투명한 소음 방지 벽에 돌진하는 새들

머리부터 굴러떨어진다

이름을 지우고 사라지는 새들의 무덤

천적의 그림자를 유리창에 붙인다

달을 보고 길을 찾아가는 새의 눈

어두워지는 시간과 밝아지는 시간을 겹쳐 놓는다

새와 인간이 공존하는 잠결

거짓말을 중얼거리는 허공

●데드블레이: 붉은빛의 나미브사막 한가운데 죽은 호수.

가위는 새로운 스타일이 필요하다

노골적으로 차가운 사람을 만들기 위해서
나에게서 잘려 나간 팔과 다리가 나를 힘들어해요

처음 보는 단추를 달면 단추가 싫어할까 봐
우리는 모자를 쓰고 걷는다

슬픈 얼굴을 들키지 말 것 작은 가슴을 들키지 말 것 굵
은 허리를 들키지 말 것 짧은 다리를 들키지 말 것 나를
들키지 말 것

가위가 핑크색 사람처럼 말하네
작은 키는 더더욱 들키고 싶지 않아요
굽이 높은 구두를 신고 커다란 눈으로
꿈을 말하지
잘려 나가는 것이 더 많은 심장들

날마다 먼지가 쌓이는 몸 위에
핀을 꽂아 줘

당신들의 손이 설명도 없이 나를 자르고 사라진다

얼굴을 감춘다

가위가 나를 알아보지 못한다

몸의 집

사람이 사라지는 서쪽을 오래도록 지켜본다

집을 떠나와 바람으로 구름으로 몸부림을 친 시간이 가볍구나

하늘과 땅의 신도 쉰다는 윤달에 흔들의자에 앉아 눈을 감는다

모르는 귀들이 잘려 나갔다는 소식을 듣고도 나는 자주 수전증을 앓았다

꽃이라도 피었으면 좋겠다

별자리를 찾는 여행은 계속되겠지 내가 사라진 곳에서부터

지금 이곳에 없는 사람처럼 저물도록 흐리고

처음 보는 문이 열리고 닫힌다

화장터에서 몸을 태운다

우는 이도 없이 조용하다

동전이 사라진 곳

바다가 얼었다는 소식을 땅에 떨어진 동전처럼 바라
보다

나무와 칼과 과일 속으로 파고드는 한파
전력을 다해 어딘가로 가는 것들을 고요라고 부른다면
세상은 칼처럼 명료해지겠지

물 안의 물을 향해
영하가 닿는 곳 겨울과 겨울 사이
얼어붙는 일로는 부족하다는 듯이 언 바다 위를 걷는
기분

빗소리도 스며들지 못하도록
노을빛도 잦아들지 못하도록

이미 겨울인 마음에 다시 겨울이 닿을 듯

외투를 입고
테이블에 잠시 앉아 몸을 돌린다
누군가 지나가는 곳으로

동전이 사라진 곳으로

우리의 호른처럼

긴 울림통에 자신을 가두고
얼굴을 앓듯이

다른 악기의 소리를 모으고 감싼다

음관의 길이가 사람의 기다림처럼 길어
깨끗하고 정확하게 발음하기가 힘들어요
터널 속에 갇힌 짐승처럼

비좁은 세계에서 탁 트인 하늘을 볼 수 있는 곳은 어
디지
어떤 삶들은 끝으로 밀려와서야 제 목소리를 낸다

창밖 너머 자정의 문을 열자 아무도 없다

양 떼와 양 떼와 양 떼와 잃어버린 양 떼들

맨드라미가 피고 창문이 열렸다 닫혔다
얼굴이 부풀어 오르고
얼굴이 바람이 되는 세계

적막한 열매들이 입술처럼 매달려 웃는다

위태로운 우리는

식물의 화법으로 말투를 바꾼다

매화를 완성하다

매화는 꽃을 강조한 이름

난간 끝으로 바람이 귀를 나눠 가지며 번시한다

예측할 수 없을 때까지

벼랑은 소리 없이 진실을 선언한다

밤의 감정을 만들어

별의 눈빛으로 조금씩 움직인다

저 산을 넘으면 매화 숲이 있다는 말에 손을 뻗은 채

입안에 침을 만들어 넣었다

타인들의 까마득한 깊이에 대해 연모한다

모든 타인은 위험한 곳에 가 있다

밤에서 검은 암벽을 꺼낸다

나는 아프고 무수한 밤의 음악을 모두 이해했으니

이제 매화를 불러 줘요

설탕 시럽과 구름을 뒤섞으면 어떤 맛이 나는지

마시멜로를 꼬챙이에 꽂아서 구워 먹는 봄밤
옆을 만드는 바람처럼

달력을 넘기다 찐 살은 지구 몇 바퀴를 돌아도 안 빠진
다는 말은
거짓말 등 뒤의 일들에게 악수를 청하면 살이 찐 눈사
람이 뚱뚱하게 녹아서
우연히 나타나거나

긴 손가락이
겨울에서 봄으로 나를 옮겨 놓는다 벚꽃나무를 지나
더 멀리 날아가는 새야

이제 어디로 갈까

달콤한 것들을 입안에 넣고 싶은 금요일이야
내일은 훌륭한 사람이 되고 싶어

슬픈 서사와 새벽의 분노 난폭한 풍문을 반듯하게 정
리하여

분리수거한다 푸드덕거리며 날아오르는 조용한 아침만
으로 이삿짐을 싼다
　　이삿짐은 항상 출발하기 직전의 상태로 그곳에 남아
있다

　　약속했던 밤이 얌전히 두 손을 모은다
　　손을 깨끗하게 닦으면 누구의 것인지도
　　모를 손이 시작된다

꽃이 무엇이고 나무가 무엇인지

　낡은 의자를 버리고 돌아오면 두 귀를 찌르던 말들이 실내악처럼 떠오른다 묵은 감정이 가득한 주머니를 새 떼처럼 털어 내는 저녁 밤의 양 떼가 사라진 방향을 더듬거리며 구름으로 만든 새를 멀리 날려 보낸다

　허공을 뜨겁게 베어 가던 칼을 생각하다가 숨을 내뱉는다 새가 날아가는 창은 다 옮겨 적을 수 없어 아쉽다

　전쟁이 끝나고 몇 해가 흘렀다 불을 쥐었던 손바닥을 움켜쥐는 밤이면 손바닥이 뜨겁다 그것은 꽃을 피우는 일 같아서

　발등에 떨어뜨린 불을 끄다가 더 소중한 무언가를 잃어버릴 것 같아 산다는 것은 날마다 새를 날리고 새가 닿은 모든 하늘을 지우는 일 백목련이 사람의 발자국 소리로 걸어온다 그것은 잊고 있었던 사람의 일생 같아서

　조용히 퍼지는 목련의 숨소리
　하늘이 푸른색으로 공중에 푸드덕거린다

누구든 깨지는 유리컵처럼 태어나고 죽는다 끝을 모르
는 하늘을 향해 그리움을 만들고 있는 노랗고 흰 꽃들 꽃
이 무엇이고 나무가 무엇인지 그것은 장례식장의 하얀 봉
투 같아서

유리창의 실금처럼 시간이 지날수록 무서운 것들이 생긴다

신호가 바뀌면서 균열된 금을 긋는 것처럼 퍼져 나간다

어느 날의 수선화처럼 흔들리면서 희미해지는 뒷모습

신호등은 끝없이 신호를 기다리고 있다

낮은 포복으로만 다니던 지상은 슬픔을 만들기에 적당하다

최고 기록을 깨기 위해 우리는 밤마다 모니터의 수치를 보고 있다

승부의 세계는 푸른 고양이를 감아올린다

깨닫는 순간 잠을 이룰 수가 없다

불빛보다 분명한 것은

가장 깊은 바닥에서 조용한 얼굴을 파묻고

밤을 꿈속에서 꺼내는 일

우리라는 이름의 높이와 선분은 손끝의 오래된 화두

무릎이 까진 사람의 바다가 가까이 있다

신호가 바뀌고 나도 균열이 된다

새벽의 발명

뜨거운 사랑을 고백하는 입술처럼

눈앞에 없는 행복을 반복하는 것
꿈속에서 다시 잠을 자듯 두 눈을 감고 불안을 지운다

절망의 어깨는 얼마나 아름다운가
층층이 쌓인 돌의 경험과 헝클어진 머리를 곱게 빗으며
새벽 이후의 날들을 궁리한다

아홉 겹의 붉은 얼굴은 부끄러워요
끝까지 도착하지 못한 일생의 한 정거장을 지나며
긴 사랑을 이해할 것이다 미래는

눈사람의 기억을 갖는다
무지개의 왼쪽으로 치우친 발의 방향을 수정한다

바다를 한 겹 걷어 내면 울음소리
그다음 셀 때마다 꽃송이

땅따먹기 게임

땅에 밑그림을 그린다 풀이 나는 곳까지 말을 끌고 가 영토를 넓힌다 사냥개를 앞장세운다 토끼의 간을 구하러 다닌다

가위바위보로 순서를 정하자 집과 집 사이 사냥개가 달린다 집과 벽 사이 토끼가 도망간다
집과 집 그리고 벽 사이 말이 쏜살같이 기웃거린다

구불구불하게 연필로 그려진 땅 위에

손가락에 힘을 주고 귀를 없애고
선 밖으로 나가는 것

의심이 많은 사냥개이거나 토끼이거나
잠깐 땅의 주인이거나

사라진 달을 찾으러 갔다가 돌아온다
개울을 건너서

토끼의 귀

화분 속에는
아직 태어나지 않은 토끼가 산다

캄캄한 두 귀를 세우고
날마다 아침을 만들고 죽지 않고 있다
장미를 구름이라 부른다면

화분은 손이 놓친 것들

환상은 버리는 게 좋아라는 친구의 말에
두 귀가 빨개지는

화분은 어둠을 집어넣고 만든 달팽이관
병원에 갈 때마다 밤이 짧아졌다

장미를 오려 만든 성장 배경 속에는
만질 수 없는 뱀과
보이지 않는 거북이와
아직 태어나지 않은 고래가 산다

거기에 앉아 귀를 만들고
거기 앉아 음악을 듣는다
아직 죽지 않는다
화분이 뛰어간다

벽과 문은 같은 색이다

무릎의 위치를 고민하다 잠드는 날이 많아 같은 꿈을 여러 번 꾼다 잠의 바깥을 생각하느라 허리와 발가락이 바닥에 떨어졌다 그 방의 천장은 높아서 밤은 깊고 조금 전보다 더 어두웠다

검은 구두가 벗겨진 것을 보고도 한참을 더 눈을 감지 못했다 아랫집 여자가 내가 누운 머리 방향으로 악을 써대지만 들리지 않았다

장마가 떠났다는 예보를 들은 것도 같은데 갑자기 굵은 빗소리가 쏟아졌다 날카로운 기분이 여러 날 지속되고 있다 자주 목이 마르는 일과 이미 깨진 유리창을 닦는 일이 잠 속에서 생각해도 슬펐다

여러 개의 잠을 짓고 부수는 동안 자주 무릎이 꺾였다 무릎이 날개였으면 좋겠다는 생각이 들었다 캄캄한 벽을 바라보다가 문을 열려고 헛손질을 했다 벽과 문은 같은 색이다

침착한 사과

활의 시위를 입술에 갖다 대고
입을 다물고

적은 보이지 않지만
말이 없어져서 크게 두렵진 않아요

화살이 크게 말한다

고독은 눈앞에 보이는 것을 단념하는 연습과
눈 감고도 정확히 떠나는
안개 같은 복습 사이로 귀결된다

폭풍우 몰아치는 언덕을 이용해 바람을 만든다
씀바귀와 민들레 혹시 식어 가는 커피

머리 위에 놓인 사과에 닿기 위해
화살이 날아갈 때

이 별은 번쩍 눈뜨는 것

나의 미아보호소

누군가 주먹을 쥐었다 펴는지 바람이 분다
새장을 놓아 버린 새가 발끝에 별을 움켜쥐고 날아간다

속절없는 밤하늘에는
새장을 들고 집을 잃은 아이

바람이 불 때의 모습으로
붉은 시폰 스카프를 휘감고 떠올려 본다

죽지 말자

우리는 자주 어긋나는 중이어서 악몽을 나눠 헤어진다
새장은 허공이 머무르고 있는 곳

달리는 기차를 따라 먼 이국의 허공을 건너갈 때
방문한 적 없는 새장들이 펼쳐진다

우리는 이미 거기 없어요
빈 새장으로
어제의 내가 천천히 걸어 들어온다

걸어 나간다

해가 뜰 때마다
우리는 가끔 창살 무늬로 이어진다

죽은 아버지가 여섯 시에 가닿는다

아버지가 죽었으면 좋겠어 유리컵을 잡으려다 떨어뜨린
여섯 시의 푸른 숲속은

일곱 시의 숲속 같지 않아서
내가 알지 못했던 안개나 바람과 만난다

외롭다는 말을 참느라 화를 내면서 문을 닫는다
집으로부터

숲의 요정들이 옷을 입은 채 잠을 자고 있다

여우비를 따라갔다 홀린 듯이
바람의 방향을 잃어버렸다
아무도 다녀가지 않은 곳이라 천사의 날개가 떨어져
있고
몸에 잘 맞지 않았다

죽은 아버지가 여섯 시에 가닿는다
차가운 새들이 눈 속으로 흘러다닌다

바냔, 내버려 두었지

내가 편애했던 구름의 목까지 살얼음이 차오른다 저 먼 시간으로 나무가 자라는 대로 내버려 두었지 돌아올까 돌아오지 않을까

빈 얼굴로 웃는 까마득한 공중 인생은 짧을까 아주 길까 하늘을 훔쳐 제자리에 갖다 놓는다 저편의 수많은 얼굴을 버리자 가위를 대면 잘라져 나가는 어두운 계단들

잘려도 다시 젖어 피는
수많은 뿌리가 심장에서 내려오는
눈 달린 사람이 되는 바냔 나무

나는 달을 내버려 두었지 길게 자라 산발한 시간의 머리카락이 될 때까지

오후는 눈을 감고 있어도 외로워지는데

우리는 먼 시간으로 흩어지고 싶었는데 서쪽은 어느 곳에도 없네

바냔, 어둠
나는 내버려 두었지

당신의 진짜 이름

'행복한 여름날'은 지나갔기에,
여름날의 영광은 사라졌기에―
하지만 고통의 한숨도
우리 이야기의 즐거움을 시들게 하지는 못하리라.
　　　　　　　　　　　―루이스 캐럴

김영범(문학평론가)

　『이상한 나라의 앨리스』는 "happy summer days"라는
세 단어로 끝난다. 어른이 되어서도 앨리스가 행복했던 어
린 시절을 기억하면서 살기를 기원하는 문장에서였다. 주
어인 언니가 갓 어른이 된 젊은 여성이라는 점을 감안한다
면, 문면과는 달리 이 바람이 캐럴의 것임을 알 수 있다. 그
리고 그는 이 세 단어를 『거울 나라의 앨리스』의 서시에서
다시 썼다. "고통의 한숨(breath of bale)"과 대립시켜서 말이
다. 그에 따르면 "이야기의 즐거움"은 시들지 않는다. 가뭇
없이 사라진 "여름날의 영광"은 괴로움을 주지만 그것을 견

디게 해 줄 묘약이 전무하지는 않다는 믿음이다. 그러나 캐럴의 이야기(fairy-tale)는 '동화'이자 '꾸며 낸 이야기'이다. 빅토리아 시대의 성직자였던 캐럴이나 혹은 앨리스 리델과 같은 귀족에게만 그런 '거짓말'은 효력을 발휘하는 것일까. 그럴 리 없다. 아름답거나 기괴한 가상으로서의 이야기들은 지금도 차고 넘친다. 예컨대 비극으로 끝나지 않는 서사들이 장악한 영화들만 봐도 그렇다. 지나간 시대에 횡행했던 권선징악의 구도는 대중문화에서 더욱 확고하게 자리를 잡았다.

이러한 탈리얼리즘 현상에 대해서는 긍정적인 해석이 가능했다. 현실의 중압으로부터 잠시라도 이탈하기 위한 기도일 수 있었기 때문이다. 하지만 여기에 자주 노출되면서 익숙해질수록 현실의 참모습은 자주 가려지고 외면되었다. 급기야 현실이 낯설어지게 된 것이다. 거대 자본이 만들어 낸 히어로들이 독립영화가 조명하는 이웃들보다 친숙해지면서, 실재의 고통을 대면하는 것 자체가 불쾌한 긴장을 낳는 일이 되어 버렸다. 그래서 이런 경험을 피하기 위한, 견딜 만하거나 즐길 만한 서스펜스는 지속적으로 요청된다. 자본 세계는 이리하여 죽지 않거나 구원이 예정된 고난에 내쳐진 주인공의 세계에 몰입하여 안도하는 주체들을 생산해 낸다. 영웅으로 설정된 이들의 고뇌조차 결국은 '선(善)'을 연출해 내기 위한 장치임을 관객들은 알지만, 그것을 현실인 양 소비한다. 의도가 뻔히 보임에도 그것을 행한다는 것은 마치 그 행위에 주체성이 개입하고 있다는 환상을 준다. 이것이 이데올로기가 작동하는 방식이다. 요컨대 "그들은 자신들이 행동하면서 환영을 쫓고 있다는 것을 알고 있지만 여전히 그것을 행한다."[1] '그들'은 실제로는 아무것도 행하지 않고 멈추어 있는 것이다. 이 세계의 진짜 계략이 도사린 지점이다.

타자화된 비극, 지상의 풍경

최서진의 첫 시집인 『아몬드 나무는 아몬드가 되고』의 표제작은 고흐의 그림에서 영감을 얻은 작품이었다. 고흐는 파란 하늘에 걸린 나뭇가지와 거기에 핀 꽃을 캔버스에 담아 조카가 태어난 것을 축복했다. 자신의 이름을 물려받은 테오의 아들, "눈이 파란 빈센트"를 위한 그림이었다. 허나 인간의 생은 그리 길지 않다. 백부나 부친과 마찬가지로 빈센트도 사라졌고 남은 것은 예의 회화뿐이다. 그러니 최서진 시의 주체는 "꽃과 죽음은 함께 다가오는 것"이라고 말했다. 애초부터 생과 사가 어깨동무하고 있으므로, 갓난아이가 가졌던 파란색은 영원한 하늘 그리고 "바다와 바닥에 한꺼번에" 걸쳐 있었다고 하겠다. 하지만 최서진은 이 시에서 절망을 노래하지는 않았다. "홀린 듯 누가 다녀간 세계"에는 제목과 같은 일들이 일어나기 때문이다. 가령은 "눈이 파란 빈센트에게 주는" 일체의 일들이 열매가 나무가 되는

---

1 슬라보예 지젝, 『이데올로기라는 숭고한 대상』, 이수련 역, 인간사랑, 2002, p.69.

것처럼 반복된다는 사실을 염두에 두어야 한다. 이럴 때 얼핏 시간의 역전으로 보이는 나무의 열매-되기가 진무한임을 알 수 있다. 꽃과 열매를 피우고 맺는 무상한 악무한은 열매가 나무가 됨으로써 비로소 하나의 주기로 완성되는 까닭에서다. 물론 희망이 비친 것도 아니었다. 주체는 캔버스에 갇히듯이 "벽 쪽으로 무너진다"라고 고백하고 있었다.

　　체스 말을 따라가면 자작나무 숲을 보여 드리겠습니다
　　손가락과 달이 뜨는 방향을 보여 드리겠습니다

　　우리는 거짓말 같은 운명을 모릅니다 달리다가 싸우다가
　　무덤 앞에 이르러 허공을 보고는 심장이 멈출지도 모릅니다
　　이곳의 배경은 배경을 두고 사라집니다 떨어지는 저녁 해처
　　럼 둥근 접시 위에 담겨 있는 두 개의 복숭아

　　주말의 운세를 맞혀 드립니다 체스 말판에서 힌트를 찾
　　아보세요 궁전의 보물을 찾아보세요 가장 밝은 정오에는 체
　　스 판을 달릴 예정입니다

　　(중략)

　　정오의 파란 대문을 지나 다음 날 붉은 아침까지 왕의 명
　　령을 따라 한 칸씩 피 흘리며 웃는 숲

　　　　　불가능한 왕비처럼

　　　　　　　　　ㅡ「자작나무 숲에 놓여 있는 체스」부분

　　이번 시집의 들머리를 장식하는 위의 시는 절망도 희망
도 아닌 현실의 민낯을 고발하려는 최서진의 의중을 드러
낸다. 친절하게도 그는 시집으로 들어가는 관문을 열어 놓
았다. 들어가 보자. 시의 전반적인 서사는 『거울 나라의 앨
리스』에서 빌려 온 것이지만, 첫 연과 인용의 마지막 두 연
은 그것의 세계관에 기대고 있지 않음을 일러 준다. 이를테
면 체스 판의 끝에서 '우리'는 '왕비'가 되지 못한다. 주체의
제안도 매일반이다. 그는 다만 "자작나무 숲"과 "손가락과
달이 뜨는 방향"을 약속한다. 이는 제목이 가리키듯이 체
스 판이 놓인 곳을 알리면 "체스 말"을 따라가야 한다는 뜻
이다. 짐작하겠지만 말(馬)은 말(言)이기도 하다. 최서진의
펀(pun)은 이처럼 진지하게 구사된다. 이 점은 그의 시집을
읽는 가외의 재미일 터이다. 여기에서는 이 작품이 메타시
임을 나타내는 지표로 사용되었다.
　　둘째 연에서 눈여겨볼 것은 "두 개의 복숭아"이다. "저녁
해처럼"이라는 수사는 이것이 바니타스(vanitas) 정물화임
을 암시한다. 또한 "달리다가 싸우다가" 도달하는 깨달음이
무엇인지 사실 우리는 잘 알고 있다. 모든 것은 헛되며, "거
짓말 같은 운명"은 없다. 하지만 그것을 잊어버린 듯 살아
가는 것이다. "왕의 명령을 따라" 움직이는 말(馬)이 "피 흘
리며 웃는 숲"과 겹쳐지는 것은 바로 이러한 망각이 원인이

다. 모두가 체스 판에 주목한 채 타인의 배경으로 서 있는 광경을 최서진 시의 주체는 직시한다. "이곳의 배경은 배경을 두고 사라집니다"라는 문장은 그렇게 끊임없이 타인의 배경이자 타인을 배경으로 사는 우리 자신의 마지막을 서술하고 있다. "불가능한 왕비"처럼 "궁전의 보물"도 끝끝내 인간의 몫이 될 수 없다.

그렇다고 최서진의 시가 초월성을 겨냥하지는 않는다. 예를 들면 첫째 연의 2행에서 주체는 "손가락과 날이 뜨는 방향"을 거론했다. 『원각경(圓覺經)』의 '여표지월(如標指月)'은 원래 손가락이 아닌 그것이 향한 달을 보아야 한다는 의미이지만, 최서진의 시는 다른 이야기를 하고 있는 것이다. 요컨대 주체는 체스 판을 둘러싼 나무들 다음에 손가락과 달의 방향을 배치했다. 인간과 그를 둘러싼 인간의 숲 그리고 그 너머를 지시하는 손가락 또 월출의 방향은 모두 지상에 매여 있다. 저 체스 판처럼 말이다. 그러므로 최서진의 이번 시집은 저것과 같이 흑백이 교차하는 세계의 여러 단면에 집중한다. 그에게 인간이 발 디딘 세계는 "가장 밝은 정오"에도, 바야흐로 밤이다.

악무한 혹은 세계의 밤

게임의 흐름을 가장 정확히 파악하는 방법 중 하나는 훈수를 두는 자리에 머무는 것이다. 거기에 한 발만 들여놓음으로써 몰입으로부터 한 발 물러설 수 있는 이유에서다. 주지하듯 문학은 사정이 많이 다르다. 몰입하지 못할 때에는 난관에 부딪힌다. 제대로 읽을 수가 없는 것이다. 그러나 난처함은 종종 매혹으로 탈바꿈한다. 완벽한 언어도 그것의 구사도 그것의 해득도 불가능하기 때문이다. 작품마다 작자마다 유일무이한 언어들이 출현하는 탓이며, 그것들이 타인의 그것과 마주치는 덕이다. 그리하여 마침내 불가능성이 그 자체로 소통되고 사유되기 시작한다. 상징계의 빈틈을 들여다보는 일은 이로써 가능해진다. 메타시가 아닌 최서진의 시에서 만나는 지나치게 몰입한 주체의 기능 역시 이런 맥락에 놓여 있다. 그는 "밤의 가장자리를 달리고 있는 두 발"을 가졌다(「내일의 날씨」). 그러므로 예의 밤에 갇힌 주체에게 발은 없는 것과 같다. 당연히 그는 세계의 밤(die Nacht der Welt)에서 벗어날 수 없다. 무엇보다 그렇게 하지도 않는다.

실패한 자리마다 꽃이 피었다

(중략)

등이 없는 사람은 무섭다 발자국과 구름 사이 나를 잃은 날들이 완성되어 간다
두 손을 모을수록 점점 더 아득한 하늘

생각은 어느새 어두워져
집집마다 뜨거운 불빛을 손에 가득 쥐고 있다 다른 사람

의 얼굴을 문지르며 자신을 의심하지 않는 손으로 풍등을
날리고 있다

조용한 강을 지나 멀리 더 멀리 가자고 바람이 2㎝씩 중
얼거린다

먼 데서 보면
사람을 잃은 사람이 가까이 있다
               —「사람으로부터 풍등」 부분

이 시에서 주체는 어떤 '실패'의 꽃들을 바라보고 있다.
"사람을 잃은 사람"이라는 표현은 주체가 무엇을 그르쳤는
지 가르쳐 준다. "나를 잃은 날들"에서는 이러한 상실이 반
복되었음을 재확인할 수 있다. 반면 주체의 눈앞에는 "의심
하지 않는 손" 역시 존재한다. 사람마다가 아닌 "집집마다"
라고 했으므로, 믿음을 가진 손들이 의지하는 바도 분명하
다. 주체에게는 그러한 손이 없다. 그런데 시의 처음 문장
이 「뼈아픈 후회」의 오마주임을 상기해야 한다. 하여 황지
우 시의 일절을 떠올릴 수 있다면, '폐허' 위에 "꽃이 피었
다"라고 주체가 말하고 있다는 점이 눈에 들어온다. 풍등을
날리는 광경에서 주체는 관찰자를 자처하지만, 그를 "등이
없는 사람"이라 할 수 없는 연유가 여기에 있다. 그는 사랑
했고 또 실패했으나 황지우의 시와는 다른 방식으로 반성
한다. 기억하듯이 황지우는 "그 누구를 위해 그 누구를" 사

랑하지 않았음을 후회했었다. 사랑은 한 사람을 향하는 데에서 그치는 게 아니라 그가 사랑하는 또 다른 이에게까지 나아가야 한다는 전언이라 하겠다.

황지우의 시가 더 이상 사랑할 수 없는 주체가 목도한 폐허로써 사랑의 필요성을 역설했다면, 최서진 시의 주체는 사랑하는 이들과 그들의 바람이 깃든 풍등을 바라보며 손을 모은다. 그는 폐허 이후에도 모든 것이 끝나진 않는다는 희망을 품고 있다. "점점 더 아득한 하늘"이지만, 그들의 바람을 따라 자신의 그것도 꽃처럼 피어나 닿길 바라는 주체는 따라서 등(燈)이 있는 사람이다. 물론 "멀리 더 멀리 가자"는 그의 중얼거림은 확실히 강박증처럼 보인다. 그만큼 무언가를 포기하고 등(背)을 보이며 돌아서는 주체의 모습은 절실하고 초조하다. 하지만 그래서 그는 무섭다기보다는 아픈 사람이다. 그리고 그것은 마지막 연에서 보는바 먼 곳에서도 슬픔에 휩싸인 이들을 "가까이 있다"고 느끼는 이유가 된다. 최서진의 시에서 세계의 밤은 주체만의 문제가 아닌 것이다.

"새장을 들고 집을 잃은 아이"가 있는 아이러니한 밤하늘의 형상이나(「나의 미아보호소」) "아프고 무수한 밤의 음악"(「매화를 완성하다」) 등은 최서진 시에서 밤의 이미지가 가진 대강을 드러내 준다. 「자정의 심리학자」에서는 보다 본격적이다. 주체에게 밤은 "전쟁과 수렵이 적나라하게 기록되는" "긴 터널"이고 "어항 속 같은 염소자리"로 다가온 이들에 대해 되새겨보고 제 자신까지 들여다보는 시간이다. 그 한가운데에서 그는 윤동주 시의 주체가 「참회록」에서 행한 것과 같이 자신의 어항을 "밤새도록 닦고 또 닦는"다. 물에 담긴 하반신이 물고기 형상을 한 염소자리는 아마도 인간의 이중성을 표상할 것이다. 실로 인간은 저마다 제 치부를 숨기고 다니는 존재들이다. 그렇다면 주체는 왜 하릴없이 자신의 어항을 닦는가. 의문은 자연스럽다. 주체 스스로 밝힌 목적은 "무수한 빛깔을 알아볼 수 있도록"이다. 그러기 위해서는 먼저 자신의 어항을 닦아야 한다고 최서진의 시는 말하고 있다.

멀고 먼 우리

「자정의 심리학자」는 '물고기'가 다른 '물고기들'을 이해하기 위한 노력을 보여 주었다. "먼 오해로부터" 인간을 구원할 길은 저마다가 처한 세계의 밤을 대면하는 일 이외일 수 없을지도 모른다. 그리고 이러한 생각은 "정신은 오직 갈기갈기 찢기다시피 한 내적 자기 분열을 통해서만 그의 진리를 획득한다"라고 주장했던 헤겔의 말과 닿아 있다.[2] 하지만 '먼'은 시공간의 거리를 상정한다. '오해'는 역사적이기까지 하다. 뿐만 아니다. 헤겔이 암시하고 최서진이 명시했듯이, 밤이라는 "이 긴 터널을 통과"하기란 쉽지 않은 일이다. 그것은 자기라는 전존재를 관통해야 하는 여정인 까닭에서다. 그러므로 때때로 "지평선과 수평선"이 맞붙은 곳

---

2 헤겔, 『정신현상학 I』, 임석진 역, 지식산업사, 1988, p.92.

을 향한 열망은 "모르는 고도"에서 멈추거나 "날다가 터지는 표정으로" 고정되기도 하는 것이다(「달아나는 풍선」). 실패의 역사는 오래되었다.

　　액체에서 고체로 가는 아이가 있어
　　눈보라는 가벼운 아이

　　그가 도착한 곳은 무뚝뚝하고 말이 없는 행성
　　반복되는 실패의 자리마다 얼음이 부풀어 오른다

　　새가 되고 싶은 꿈
　　발밑으로 새의 시체가 쌓여 얼어 간다

　　우리는 어떤 방식으로 우리에게 가는 걸까

　　물 안을 향해
　　달리는 기차를 향해

　　우리는 속도주의자
　　먼 옛날의 까마귀의 목소리가 들릴 때
　　아버지의 소리가 죽음을 뚫고 나올 때
　　질주하던 차가 가장 크고 아픈 턱에 이른다

　　　　　　　　　　　　　　　　　—「눈보라 아이」 전문

다른 시편들에 비해 이해와 접근이 용이한 작품인 이 시에서는 시집의 주요한 제재들이 한꺼번에 등장한다. 말하자면 최서진의 시는 새와 물과 죽음 그리고 겨울 등으로 구축된 이미저리의 세계이다. 그리고 주체는 그것들로 채워진 시공간을 이리저리 횡단한다. 끝내 그곳을 벗어나지 못하는 것 같다. 도착한 행성의 한기 탓이다. "무뚝뚝하고 말이 없는" 세계에서는 '꽃'이 자라야 할 곳에 "얼음이 부풀어오른다". 이와 같은 진술은 「사람으로부터 풍등」에 대한 전면적인 부정이거나, 세계의 본질에 대한 증언이겠다. 어느 쪽이든 두 편의 시를 병치시킬 때 강조되는 것은 이 행성의 불모성이다. 일테면 3연에서 제시된 꿈과 좌절이 낯설지 않은 게 현실의 실상이다. 그러므로 주체는 묻는다. 한데 4연의 질문에서 '우리'는 개별자를 지목하는가 아니면 인간 일반을 지칭하는가. 마지막 연의 개인적 경험은 전자라고 말하고 있지만 같은 곳의 1행은 후자의 손을 들어 준다.

따라서 "액체에서 고체로 가는 아이"인 '그'는 인간이라고 해야 한다. 말할 것도 없이 인간은 액체에서 시작되었으니 말이다. 5연의 대답은 그러니 "물 안"이나 "달리는 기차"가 그것들로 쇄도해 가는 인간을 액체로 되돌려놓거나 고체로 굳게 만든다는 의미가 된다. 인간은 스스로 죽음을 향해 나아가는 존재라는 뜻이겠다. 더 이상 바람(風)과 함께 할 수 없을 때 죽음은 다가온다. 이로써 "실패의 자리마다 얼음"이 쌓인다. 그런즉 이 시의 바람은 '풍(風)'이자 '원(願)'이다. 바람(願)을 잃어버린 인간은 죽은 것이나 다름이 없다. 「사람으로부터 풍등」에서 피어난 꽃은 바로 그것의 산물이었던 것이다. 고체에 가벼움이라는 속성을 부여하는 것의 정체는 얼음처럼 쌓여서 딱딱하게 굳어 가는 "새의 시체"가 밝혀 준다. 그것은 부드러움이다.

그리고 액체에서 고체로, 다시 부드러운 고체에서 딱딱한 고체로 변화하는 인간에게 할당된 시어는 '가다'이다. 이 동사는 일반적으로는 단순한 이행을 의미하지만 4연에서는 그렇게 읽을 수 없다. 주어를 가리키기 때문이다. 그렇지만 이 재귀(再歸)는 원상 복귀가 아니다. 이것은 지향성을 나타낸다. 앞과 뒤의 '우리'는 각각 다른 상태에 놓여 있는 것이다. 앞이 이제까지의 시간에 묶여 있다고 한다면, 뒤는 상대적으로 자유롭다. '우리'는 미지의 '우리'에게 아직 닿지 못했다. 이런 까닭에 주체의 질문은 시의 마지막에 현시(顯示)한 죽음의 징조를 거느리고 삶의 방법을 스스로에게 묻기를 요구한다. 부드러움과 가깝고 속도와는 멀 것이라는 단서를 던지면서 말이다. 예의 자문이 없을 때, 미래는 기지의 것이 되어 버릴 수도 있을 테다.

일신(日新)하는 나날

부드러움과 느림의 질감을 가진 대상들이 본연의 결대로 등장할 때, 최서진의 시는 시집의 다른 작품들과 확연히 구분된다. 구름과 새가 그 대상들이다. 주체는 구름을 '편애'한다고 털어놓았고(「바낭, 내버려 두었지」), 알다시피 시집의 곳곳에는 수많은 새들이 출현한다. 「새들의 힘」에 나온 "구

137

름의 힘"은 최서진이 구름과 새를 동일시한다는 사실도 알려 준다. 이 점에서 새와 죽음을 결합한 이미지의 빈발이 시집 전반에 멜랑콜리를 조성한 것은 당연한 일이었다. 그렇지만 최서진 시의 주체는 거기에 매몰되지는 않았다. 아니, 충분히 파묻힘으로써 빠져나오고 있다고 해야 옳겠다. 그러므로 이제 주체는 자문하듯이 새에게 "이제 어디로 갈까"를 묻고 "슬픈 서사와 새벽의 분노 난폭한 풍문을 반듯하게 정리"할 수가 있게 되었다(「설탕 시럽과 구름을 뒤섞으면 어떤 맛이 나는지」). 나아가 "산다는 것은 날마다 새를 날리고 새가 닿은 모든 하늘을 지우는 일"이라는 나름의 정의를 얻었다(「꽃이 무엇이고 나무가 무엇인지」). 그리하여 이러한 매일이 면면히 반복된다면, 이것이 혹 진무한의 또 다른 모습이 아닐까.

우리는 모두 죽어요
새는 이름을 완성하기 위해 수천의 창문을 열어야겠지

모래와 얼음이 뒤섞인 검고 붉은 기분 같은 저녁놀
운동화 끈을 풀자 발이 붉다

진짜 이름이 뭐예요?
어둠은 있는 힘을 다해 저녁을 빠져나간다

그녀는 가방에 살아갈 이름을 넣고 자신의 무덤 안쪽을

들여다본다

　공중은 발을 망각하기에 좋은 곳
　들판으로 죽은 바람이 분다

　날아가는 새와 불 꺼진 창 사이
　다시 태어난 이름으로 회복하는 중이다

　나는 까만 고양이를 밖에 두고 온 사람
　어쩌면 그것을 모르는 사람
　　　　　　　　　　　　　　　—「진짜 이름이 뭐예요?」 전문

　"살아갈 이름"과 "자신의 무덤"이 공존하는 이 시의 '가방'은 하루하루 짊어지는 우리네 삶 자체를 이를 것이다. 그런데 그것은 날마다 새롭다. 매번 거기에 담을 이름이 달라지기 때문이다. 주체는 그렇게 "다시 태어난 이름으로" 스스로를 치유한다. 그리고 그것을 둘러매고 자신의 또 다른 이름을 찾아서 나설 터이다. 저녁마다 부르튼 발을 식히고는, "밖에 두고 온" 무언가가 남았다는 듯이. 하니 이 여정은 완성되지 않고 완료될 수밖에 없다. 전자를 도모하지만 후자로 끝날 도리밖에 없는 것이다. 삶이 완전히 끝날 때까지 저렇게 나서지 않는다면, 최서진 시가 경고하는 것처럼 "진짜 이름"을 모른 채 벌써 죽어 버린 삶을 붙든 걸 수도 있으리라. 「자작나무 숲에 놓여 있는 체스」에서 보았던 "이곳의 배경은 배경을 두고 사라집니다"라는 문장을 헤겔의 묘사와 나란히 놓아 본다. 여기 "세계의 밤이 한 인간의 배경으로 걸려 있다."[3] 「나븨」에서 정지용이 썼듯이 "시 기지 않은 일이 서둘러 하고" 싶은 밤이다. 진짜 "우리 이야기"를 하고 싶은.

3 헤겔, 『헤겔 예나 시기 정신철학』, 서정혁 역, 이제이북스, 2006, p.84.